안녕 안녕 아무 꽃이나 보러 가자

이서영

전라남도 해남에서 태어났다.
2021년 『광주일보』 신춘문예를 통해 시인으로 등단했다.
시집 『안녕 안녕 아무 꽃이나 보러 가자』를 썼다.

파란시선 0117 안녕 안녕 아무 꽃이나 보러 가자

1판 1쇄 펴낸날 2022년 12월 10일
지은이 이서영
디자인 최선영
인쇄인 (주)두경 정지오
펴낸이 채상우
펴낸곳 (주)함께하는출판그룹파란
등록번호 제2015-000068호
등록일자 2015년 9월 15일
주소 (10387) 경기도 고양시 일산서구 중앙로 1455 대우시티프라자 B1 202-1호
전화 031-919-4288
팩스 031-919-4287
모바일팩스 0504-441-3439
이메일 bookparan2015@hanmail.net

ⓒ이서영, 2022, printed in Seoul, Korea

ISBN 979-11-91897-43-2 03810

값 10,000원

안녕 안녕 아무 꽃이나 보러 가자

이서영 시집

시인의 말

작은 말 재밌는 말 슬퍼지는 말
뭐든 좋아
비눗방울 놀이처럼
자꾸자꾸 허공으로 올려보내 줘
저기 꽃무늬 벽지에
앉게 해 줘
저기 레이스 커튼 주름에
저기 오래된 검은 장롱 사슴의 뿔에
숲이 되어 줘
우리가 잠든 후
말들이 서로 부딪히며
자작나무 가지를 흔드는 소리
새가 되어 줘

차례

제1부

바래고 바래고 또 바래지는 것들

주름을 만들어 입술을 주머니처럼 오므렸다

침묵이 완성되었다

어쩌다 말이 필요할 때
손가락이나 배꼽 같은 것들이 나서서
사랑을 속삭였다

세량지(細良池)

나무가 물에 잠겨 있었다
무엇에 잠겨 산다는 것
물이라서

좋았다

다행이잖아 봄이라서

수온이 적당하기를
비가 저수지에 떨어질 때 네가 우산을 꺼냈다
둑방길을 걸으려 할 때 막
비가 와서

좋았다

우산이 커다랗고 동그랗게 펼쳐지고

자리가 생겨
나는 가방을 오른 어깨에 옮겨 멨다
왼손을 어디다 둬야 할지 몰라

둘 곳 없는 손이 하릴없이
흔들흔들

저수지 안을 오래 기억하는 나무들
연둣빛으로 흔들리는 표정
두근대는 빗방울
나무를 더 자주 더 멀리 보냈다
흐려지는 물속을 들여다보며
비가 한참 오려나 봐

우산 밖으로 손을 내밀어 보았다
차가운 살

너는 내 손바닥 안의 비를 만져 보았다
그대로 멈춰 서 있었다
비가 내리고 있었다

나무들이 더 빠르게 흩어지고

깊어지는 골목

떠나지 못한 사람들에게 더 강한 믿음이 필요했다 신념이 분위기가 되기 위해 미래를 붙잡기 위해 제각기 방도를 찾고 있었다 사람을 신으로 섬기는 깃발들이 흔들렸다 모르는 것을 확신하는 사람들이 기도 중이다

저 어둠 중 처마가 낮은 한곳으로 스며들고 싶었다 어떤 기분은 억누르기 어렵다 갑자기 고백하고 싶은 마음이 들었다 한동안 그 자리에 가만히 서 있었다

사라져라 깊은 마음아

한 달에 한 층의 창틀이 생겨나 없었던 의도를 드러냈다

밝아져라 밝아지거라 창과 창공은

오후 다섯 시가 되면 인부들이 먼지를 털며 어디론가 흩어졌다 누군가 휘파람을 불었다 그 정도는 아닌데, 그들이 웃었다 나는 팔짱을 끼고 턱을 치켜세웠다 누구에게나 희롱할 수 없는 자세가 있는 것이다

불안이 도처에 널려 있었다 골목은 불안을 기반으로 융성할 것이다 시간이 흘러도 사라지지 않을 것들, 어둠만이 구원처럼 내리고 있었다 아직 떠나지 않는 이유는 다른 데 있었다 닿을 곳이 없었다

끝이 안 보였다

장주지몽

편두통이 심해 눈을 비비다 어쩌다 눈알이 빠져서 크리스탈 물컵에 눈알을 담갔다 없는 것보단 있는 게 낫겠지 손가락이 잘리면 잘린 손가락을 거즈 수건에 싸서 병원으로 빨리 가라는 말이 생각났다

말을 잃게 되면 어쩌나 책을 못 읽게 되면 어쩌나 걱정하다 눈알을 잃고 말았다 다른 쪽 눈이 있긴 하지만 언제 어떻게 될지 몰라서

깜깜해지겠지 볼 수 없겠지 보지 않아도 되겠지 다만 보여지겠지 나는 아무도 만나려 하지 않을까 아무도 나를 만나러 오지 않을까 나야 볼 수 없을 테니

사라질 수 있겠다 마침내

어둠 한가운데서 고독이 뚜벅뚜벅 걸어오겠지 검은 모자에 검은 구두를 신고 검은 옷자락 휘날리며

태풍의 눈에 스스로 갇힌 자 벗어날 수 없는 자 눈이 사라질 때까지 몸부림친다

취생몽사

하루 종일 누워 지내라 적극 권장한다
누군 꿀물이 좋다
누군 매운 콩국이 좋다 하는데
난 아무것도 먹지 않고 마시지 않고
앓는다
몸을 말아 웅크리고
고양이가 새끼를 떼고 돌아누운 것처럼
갸릉갸릉 소리 내고
그 소리 듣고 서러워 서러워
간밤에 풀어놓았던 말들 조각 맞추며
네모난 천장이 저도 모르게 기우뚱거리는 것
슬며시 일어나 네모반듯 잡아 놓으며
어디서 난 균열
사이로 스며드는 바람 빠지는 소리 듣는 일
쓸쓸함이 차곡차곡 쌓인다
후회 없이
행여 멀쩡하면 사라질까 봐
하루 종일 앓으며
돌아누우며

야유회를 오리다

강물이 흐른다 차가운
물이 흐르고 큰 돌이 있다 큰 돌
아래에 작은 돌 동그란
등을 맡기며 햇빛이 물만큼
많다 하얗게 빛나는 물빛
물방울 가만히 반짝이는
사람들 여기저기 돌을
집어던진다 풍덩거리는
돌
어린애처럼 자꾸
자꾸 물속으로 뛰어들었다
가라앉는다 돌아오지 않는다
어디랄 것 없이 무어랄 것 없이
던지고…… 던지고……
하나 둘 셋
바위처럼 굳어서 사진을
찍는다 눈을 감은 사람들
자기는 지워 달라고
강물이 흐르고 돌의 등이 한없이
부드러워지고 모두 다른 곳으로

넘어서려는 것처럼 각자 하던
동작 흐트러뜨리고 허공에
모래를 확 뿌린다 정말
나는 저만치
떨어져 있는 나를
어떻게 잡아야 하나
어떻게 묶어 두어야 하나
저 풍경들
저 모습들
무엇을 오려 내야 하나

노랑에 관한

—

  유리창에 눈을 대고 기타를 바라보고 있었지 실제보다
열 배는 작아져서

  기타에서 어린 소리가 날까
  병아리만 한 소리 솜털만 한 소리

  그 시간 네가 나를 마지막으로 불렀을지
  모르는 그 순간

  작은 기타는 세상에 없는 노랠 가지고 있었지
  지붕이 온통 노랗던 시간

  부러진 나뭇가지 끝 물방울 매달려 있었지
  노랗던 말갛던 물방울 혀를 갖다 대며

  이건 꽃의 탄식

  기타 소리 들리는 거 같았지 돌담 따라가 보았지 마루에
작년에 저문 치자 열매 마르고 있었지 산수유 열매 더 마
르고 있었지

사람들이 웅성거리고 앰뷸런스 울고 있었지 결국 결국
말을 잇지 못했지 다시 돌아오지 못할 테지

기타를 구경하고 있었지
아주 작다고 예쁘다고

그것이 나를 이렇게 키웠다

코빼기 벼랑 끝 검은 바다 석화 개펄 기어 다니는 게들 낙지들 엄마들 구멍이다 우물 깊은 우물 펌프 마중물 도시로 간 언니 오빠 신작로 바람 아닌 바람 같은 바람 구멍이다 옅은 잠 나선형 추락 크는 꿈 주성산 간첩 붉은 간첩 도망 쥐 쥐내림 당산 신나무 새끼줄 구멍이다 팽나무 팽이 동백 동박새 올빼미 연 연날리기 오징어게임 불놀이 불싸움 구멍이다 줄넘기 줄다리기 달리기 검은 산 검은 하늘 잔별 사자자리 은하수 은하철도 999 구멍이다 이삭 논두렁 새 떼 참새 목청 목소리 새 학교 푸른 뱀 뱀눈 두근두근 하얀 허물 구멍이다 소나무 솔잎 송충이 소주병 보리차 소주병 아버지 아 아버지 구멍이다 처마 밑 고드름 방죽 얼음 썰매 땅끝 땅강아지 경운기 그날 경운기 구멍이다 황토밭 북감자 물고구마 마늘 양파 매운 양파 무거운 양파 마지막 양파 구멍이다 푸른 벌 보리 보리 베기 낫 붉은 피 핏방울 아침놀 저녁놀 감꽃 구멍이다 무너진 구멍들이다

구름 기둥

사과나무를 베면 사과 냄새가 나고
자두나무를 베면 자두 냄새가 난대
은행나무를 베면 똥 냄새가 나?

우드 스테인으로 오래된 테이블을 나뭇결이 보이도록 칠
한다

그때 정지했을 때 톱날이 스칠 때 절단되었을 때 옆으
로 쓰러졌을 때 이를 악물어도 흘러나오는 신음을 기억하
기 위해서

서서 비 맞는 나무처럼 고스란히 내게 다가오는 모든 것
을 받아들여야 할 때

나무가 쓰러진 후 어디에서 또 네 발 달린 식탁으로 단
단하게 우뚝 제 이력을 떠받치고 있어야 하는 날들

결혼 냄새가 전혀 나지 않는 주름이 있다

사랑하지 않은 대가를 어디서 치르게 되나요

계곡에 잠깐 발을 담궜을 뿐인데
발등이 뱀피 무늬로 변했다
실핏줄을 따라 마구 쏘다닐 것처럼 망사 스타킹처럼
불온하고 불안한 것
몸 안으로 들어왔다
합체되었다

혼도니아주 강가에는 뱀파이어 물고기가 산다 수영하
러 온 사람들이 물고기처럼 유영할 때 리듬 따라 사람들
의 몸 안으로 들어온다 부드럽고 은밀한 방문
한번 들어가면 다시 나올 생각을 않고 그 몸 안에 산다
몸을 절개하지 않고서는 쫓아낼 수 없다

어쩌지 못해 미뤄 둔 것들
잔혹한 꽃들

제2부

안녕 안녕 아무 꽃이나 보러 가자

나는 사람보다 꽃이 많은 시절에 살았는데
꽃을 보러 간 날을 달력에 표시해 두었다

함께한 이들의 이름을 하나씩 꽃에 붙여 주면
전생에 내가 잃었거나
낳았던 아이들 이름인 것 같다

은목련이라거나 백동백, 류장미, 진모란
가만가만 불러 보면

떠나 버린 사랑이 서둘러 돌아올 것만 같아

절대 미치지 않겠다

진달래 골담초 사루비아 같은 것을 똑똑 따 먹으며
배가 사르르 아파 오고

가끔 예상치도 못한 꽃이 덜컥 피어나
얼마 머물지 않고 또 떨어졌다

공사 중

나는 책을 읽고 소리는 집을 짓는다 한 쪽을 삼십 분째 맴돈다 소리는 단호한 입장을 갖는다 나는 눈으로 읽고 책장을 넘기지 못한다 소리는 개의치 않고 집을 짓는다 책을 읽다 말고 창문이 반쯤 생긴 틈, 분홍 리본을 본다 흩날리는 머리카락 아이의 빛나는 이마를 본다 책을 읽다 말고 창문에 반이 잘린 어깨를 본다 소리는 잠깐 덜컹대는 창을 만진다 다시 책을 읽는다 글자들이 사라지고 없다 흰 종이와 아이의 눈을 번갈아 바라본다 아이는 눈동자가 없다 아이는 나를 못 보고 나는 책을 덮는다 소리는 창문을 걸어 잠근다 소리는 창에 창살을 만든다 미처 들어가지 못한 빛들 나는 책을 들어 빛을 밀어 올린다 소리는 땅땅 빛을 털어 내고 내 머릿속엔 철자들이 둥둥,

다시 봄

　새로 데려온 백두의 목줄을 풀면 짧아지는 골목 담벼락 마른 담쟁이 그늘 사금파리 반짝이는 사금파리 빛나네 백두의 울음 아가 이제 그만 울어 봄이잖니 쑥길 따라 백두를 따라 풀물이 들어요 눈에 풀물이 가득해요 바구니 가득 쑥을 담아 가져가 쑥범벅을 해 먹자구나 쑥국을 끓이고 쑥전을 부치자 저녁이 쑥빛으로 저물겠다 손톱 밑에 검은 쑥물 당신의 두꺼워진 손톱 햇빛을 버무리던 손가락 쉴 새 없이 향하던 손 손짓 천 근 같던 쪽잠 어떤 영혼은 오래 머물기 위해 소리를 버린다 이젠 너무 오랜 잠 한 번만 깨어나요 저 붉은 땅 덮고 키를 키우는 밀밭 보아요 우리가 해마다 씨 뿌리고 거기서 우릴 보라고 재잘대는 우리 백두 또 울어요 그만 울어 봄이잖니 깨어나 성큼성큼 다시 다가와 아가야 나의 아가야 한 번만 더 불러 주어요

파리 파리바케트

―

　딱 그 눈금까지는 아닐지라도 그 정도라고 말하고 싶군 거기 멈춰 가만히 있어 가만히 있기에 좀이 쑤신다면 몸을 비틀거나 손을 비비는 행동 파리처럼 본능적으로 비비는 파리처럼 생각해 보게나 할 말이 더 있는데 누군가 그만하는 게 좋겠어 그게 옳아 한다면 마음이 파리처럼 그렇지 않겠나 두 손이나 싹싹 비비면서 더 말하고 싶어서 안달 나겠지 물론 좀 더 이야기한다고 한들 무슨 큰일이 나겠나 이미 벌어진 파티 이야기 거기서 누가 울었다는 이야기 뛰쳐나갔다는 이야기 모두 파리의 손동작 같은 거란 말이지 술과 아름다운 꽃과 노래와 춤이 이어졌다 말하고 싶겠지만 거기서 제발 멈춰 멈춰 그쯤이 좋아 기다려 기다리는 거지 그때부터 나는 거기에 없었던 것처럼 더 말할 수 없는 것처럼 나머지는 저대로 그냥 또 어딘가로 흘러가겠지 저기 구름, 맨살을 조금씩 떼어 먹는다

―

오후 세 시

라디오에서 흐르는 A Love Idea 주황 신호 앞에 머뭇거리다 꼬리 물어 간신히 통과 우체국에 들러 등기를 부치고 문을 열고 골목길을 쓸고 화분에 물을 조금 더 주고 조금 더 주고 조금 더 주고 창문을 닫고 에어컨 온도를 조절하고 기적이라는 듯 우리의 욕망 우리의 불행 세 시까지, 예약된 테이블처럼 안정적입니다 나는 간절한 주문만 받습니다 세 시, 눈꺼풀을 닫듯 암막 커튼을 내립니다 출근 시간 같은 강박은 아니지만 세 시, 고객과의 약속 세 시로 급히 들어갑니다 나는 그곳에서 유능합니다 오늘은 아이를 가졌습니다 누구의 아이인지 모릅니다 내가 회갑이면 아이는 열 살 칠순이면 스물 아이는 나를 부끄러워할까 나는 아이를 낳을 수 있을까 걱정은 어디서나 같은 모양의 골을 팝니다 세 시는 깊습니다만 뭐 괜찮습니다 나는 스프링처럼 자주 튕겨 나올 수 있으므로 참으로 다행인 것은 아무도 나를 따라오거나 붙잡지 않는다는 것

주문자에게 태어나지 않은 아이를 팝니다

●A Love Idea: 영화 「브루클린으로 가는 마지막 비상구」의 ost.

물그림자

물에 잠겨 사는 나무들을 보고 온 날 밤

아이들을 때렸다

내가 아니었다

멍이 들게 맞는 동안 아무 소리도 내지르지 않는 아이들

내 아이들이었다

어떤 꿈은 분명 나의 것이었다

가만히

근린공원 벤치 아래 너는 있다

눈을 크게 뜨고

아직 미소는 밝아

헝클어진 머리카락 젖은 드레스

네 불행의 규모를 헤아려 본다

볕바른 쪽에는 비둘기와 노인들과 유모차가 모여 있다

벤치들이 참을성 있게 기다리는 동안

아무도 모르게 꽃들이 사라져 간다

나뭇잎들 몰려다니며 뒹군다 막 쏘다니다

들러붙는다

발바닥이나 엉덩이 같은 데 보기 이상한 데

나뭇잎들이 웃음을 붙였다 떼었다 하고

너를 툭 건드려 본다

왜 거기 있냐

아무 말없이 미동도 없이

허락 없이 들러붙는 잎조차 어쩌지 못하고

계속 웃기만 한다

웃음이 대답이 되나

빈 벤치를 돌아다니며 앉아 본다

여전히 가만히 있는 벤치를 이해할 수 없다

가장 조용한 시간

—

샤락

샤락

두리번

두리번

두리번 두리번

샤락

샤락

샤략 샤락

제라늄

붉은 제라늄

—

꽃

혁명처럼

샤락

샤락 샤락

팔순 어머니 귓가에 온종일

샤락 샤락

열세 명의 여학생들

교실에 있다
열셋보다 많은 이면(裏面)을 가지고
시작부터 열셋보다 큰 웃음을 터뜨리며
손뼉을 치며

여기는 꿈을 찾는 클래스입니다
한 시간 동안
신문을 오려 자신의 꿈을 표현해 봅시다

커피 그림이 필요해
너의 신문에 커피가 있다면
잠시 빌려줘
싫어 그럴 수 없어 커피는 나의 꿈인걸
서로 다른 날짜의 신문을 보고 있지만
커피는 어느 날에도 없다

구월에도 시월에도 커피가 없다

누군가 계절이 지난 신문을 뒤적거리다
여기 손톱 좀 봐 이 예쁜 색깔들 좀 봐

꿈을 바꿔야겠어 아무래도

나도 손톱으로 바꿔야 할까 봐

또 누군가는 갑자기
좋은 생각이 났어 커피 글자는 어때
난 커다란 글자였으면 좋겠어
작으면 어때 커피면 되지
그런데 우리말로 커피는 뭐지

커피가 커피지

꿈을 너무 쉽게 바꾸는 건 좀 그래
핑크빛 손톱이 반짝이는 손가락을 오리다 말고

그냥 다시 커피 찾아볼까

여학생들이 신문지 위에 엎드려 커피를 찾다
벨 소리를 들었다

깊은 방

검은 비
내
리
는데 누가
낮에 페인트를 발랐을까요?
무언가 저 구석에서
흘
러
내
려요 끈적하고 눅눅하고 기분
나쁜 어둠 타고
흘
러
내
려요 이러다 바닥까지
내
려
오겠어요
한번 와 주세요
방이 다 잠기겠어요

몰라요 어디서 쏟아지는 것인지

어떻게 막아 보려 해도 손쓸 수 없군요

오늘 낮에 내가 밀고 다닌 벽만 해도 다 헤아릴 길 없습

니다

흘

러

내

리는 묽은 것 아니 아니 아니

아닌 것 같아요

벌레들 꿈틀대는 벌레들이에요

다시 보니 떼로 뭉쳐

내

려

와요

아니라니까요

술을 마신 게 아니에요 제발 제발 제발

한번 와 주세요

저 벌레들 침대 머리맡까지

내

려

오

고 있어요

이불 속으로 들어오면 어째요 이를 어쩝니까

아니라니까요

눈을 감는다고 사라질 거면

눈을 감겠지만

제발 한번 와 주세요, 당신

흘

러

내

리는 당신들을 어떻게 좀

모르는 곳

  너는 아예 나를 놓아 버렸구나 도수를 올린 새 안경을
쓰고 골목길을 걸었다 주의할 게 아무것도 없는 길 생각
없이 모퉁이를 돌아갈 때마다 생각이 조금씩 빠져나오는
것 같다 너를 잃은 곳이 이쯤일까 가만히 거기

  서 있었다

  사과처럼 오래

  텅 비어 있다

제3부

문밖에 그 자그마한

여자가 서 있는 것처럼 어떤 일은 그렇게 시작된다 사소하게 아주 사소하게 그때 너는 무슨 일이 일어나고 있는지 알지 못한다 하나의 작은 섬광이 등줄기로 지나갔음을 그 섬광이 평생 깜짝깜짝 내리칠 것을 모른다 들어와 잠깐 기다리라거나 기다리는 동안 뭐 좀 마시겠냐 묻거나 차가운 물이나 뜨거운 차를 내오겠다 하고 저기 구석에서 너는 한동안 서성 서성댄다 두근거리는 소리 두근 두근거리는 여자는 두리번거리지 않고 가늘고 긴 목을 가족사진에 고정시킨다 벽엔 그 밖의 그림과 그 밖의 판화와 그 밖의 시계가 걸려 있다 힐끗 시계를 보는 눈길 눈길이 마주친다 눈동자 눈동자가 얽힌다 돌연 날씨 이야기나 정원의 장미나 길가에 버려진 자전거는 꽤 유용하다 벨이 고장 났나 봐요 열쇠 구멍이 없더군요 하루 종일 오래 걸었다는 입안의 모래 이야기 모래 까끌한 감촉을 혀로 굴리며 전혀 예상치도 못한 방향으로 또 어떤 방향으로 흘러간다 흘러갈 것이다 이걸 흥미롭다고 해야 하나 위험하다고 해야 하나 장미는 한번 피기 시작하면 멈추지 않는다

십자가에 못 박혀

　손님방에 주인처럼 드러누운 그림자가 있어 너는 나가다 말고 그 방문을 자꾸 돌아본다 저자는 언제 가는 거냐고 곧 갈 것 같아 조금 일찍 도착한 걸 어쩌겠냐고 너는 나와 그림자만 남겨 두고 나가는 것이 영 안 내키는지 저자는 언제 가는 거냐고 나는 모르는 일이라 하고 아이를 어린이집에 맡기러 나서는데 좀 더 큰 목소리로 저자가 언젠가 가긴 가는 것이냐고 나는 모른다 모른다 모른다 하고 갑자기 울음을 터뜨린다 하얀 우주복 차림을 하고서 두려움이 가득하여 아이는 울다 오줌까지 싸고 바짓단으로 오줌이 떨어지는데 베란다에 가득 핀 매발톱꽃이 시퍼렇고 뚝 그쳐 나는 아무 때나 울지도 못하냐고 울지 못한다 울지 못한다 절대 눈물을 흘려서는 안 되는 경우라고 저자가 바로 너냐고 아니다 아니다 나는 아니다 그럼 저자는 누구냐고 너는 파랗게 질려서 곧 부서질 것처럼

어떤 울음

　친숙한 저녁이 친숙한 공기를 풀어놓을 때 친숙한 여자가 창문을 내리다 말고 걸음을 떼지 못할 정도로 발길을 끌 정도로 친숙한 뒷모습을 구긴다 몇 걸음 기어가 친숙한 침대 모서리에 디귿 자 꺾쇠가 딸깍 소리 나듯 몸을 접는다 두 팔로 머리를 감싸고 있는 친숙한 먼지들 저녁 빛에 일어나는 것이 다 보일 때 여자는 친숙한 어깨를 들썩거리는데 무언가 친숙한 일이 펼쳐지리라 그러나 친숙하지 않은 소리의 알갱이들 좁은 목구멍을 타고 나와 조금씩 목격된다 친숙한 눈물도 없이 울음 가득 친숙한 옷을 펼친다 친숙한 옷 팔과 다리가 없는 옷 마지막 너를 가졌던 옷 가슴에 얼굴을 묻는다 친숙한 냄새 친숙한 부재 뒷걸음질친다 여자는 뒷걸음질친다 없는 것을 본 것처럼 만진 것처럼 소스라치게 서늘해서 어둠 밖으로 뱉어 내는 저

자꾸 나를 잃어버린 채

나는 가죽끈을 가지고 있다 지그재그로 왔다 갔다 그래도 남는 부적절하고 긴 끈을 끌고 다닌다 길을 잃었을 때 흔적을 남기려는 시도처럼 길은 오래전부터 엉클어져 상실을 반복하는 거라고 이번에도 내가 어딨지? 찾겠지 내가 없어도 어떤 식으로든 출발할 것이다 누군가 어깨를 툭 치며 아직이야? 그냥 출발하자 비는 항상 갑자기 내린다 내가 없거나 우산이 없거나 출발에는 아무런 문제가 없다 모두 뒤죽박죽이니까 누군가 나를 찾는다 대답 없이 걷는다 보여 줄까요 내가 누구인지 우산을 찾아야겠다고 되돌아가야겠다고 하는 것 믿는 건 아니겠죠 은폐가 허술하군요 술이나 한잔하자 말했지만 술을 마시진 않았다 자꾸 되감기를 하고 있잖아 반복해서 물러나고 돌아오고 내가 나일 때 나로 도착했을 때 문을 여는 종소리가 울려 퍼진다 입구에 가죽끈을 늘어뜨리고 나를 아무렇게나 두고 이렇게 아무렇게나 두고 여자는 남자를 따라 들어가다 다시 돌아 나와 이번에도 내가 없다는 것을 알아차린다 이건 너무 지독한 검열 아니냐고 남자가 우산을 내밀며 이거 쓰고 가 이번에는 우산이 펴지지 않는다

아아여여(我我汝汝)

*

어느 지역 여자들은 집 안에 틀어박혀 살아
아무렇지 않다는 듯 그러다

그녀들끼리 할 말이 생기면
빨래 말이야 빨래 가지를
창문이나 테라스에 널어 뒀대

어제는 검정 오늘은 하양
스카프나 블라우스 이런 식으로

멀리 있는 어느 창에선 노랑이나 분홍이
흩날리고 또 어디에선
아무것도 없이 창문이 닫힌 채
투명해

그런데 말이야
갑자기 비가 내리면 어쩌나

나붓대는 천들 그 은밀한 말들

*

수국이 핀 꽃 무더기 앞에서
손으로 꽃받침을 하고
사진을 찍었다

그럴 리 없겠지만 꽃이 되고 싶진 않았다

흙의 성분 때문에 수국은 색깔이 달라진대

만약 만약에 그럴 수 있다면
너와 내가 이렇게 다른 것이 흙 때문이었으면 좋겠다

비가 쏟아질 것 같아

*

칠백 년을 산 나무를 보러 갔지 새벽부터 관광버스를 타

고 모르는 사람들 사이 빨강 파랑 알록달록 섞여 앉았지
그거 알아? 배를 탈 때 뱃멀미를 막기 위해 빨강 파랑 앉
아 간대 어떤 사람은 웃었고 어떤 사람은 고개를 갸웃거렸
고 선글라스와 모자를 쓰고서도 상대의 나이를 가늠했지
주름이나 머리카락 손이나 냄새 같은 것으로 간혹 아무런
단서도 흘리지 않는 사람이 앉아 있었지

틈

띠동갑이나 되어 보이는 남자가 내 집 앞에 자기 집을
짓는다며 과일 바구니 들고 시끄럽다고 죄송하다고 옛집
이 헐리고 새 땅에 줄눈을 놓는 날 대문 앞에 나가 쭈그리
고 앉아 방이며 계단이며 주차장이 척척 놓이는 것을 구
경하는데 그가 다가와 당신 나랑 친구 합시다 친구 좋지요
바로 그가 내 팔을 슬쩍 잡는다 움찔, 대수롭지 않다는 듯
뿌리치고 방이 몇 개가 생길 거라는 이야기 방음이 잘될
거라는 이야기 다시 그가 내 머리에 손을 댄다 무엇을 떼
어 냈는지 알 수 없고 머리를 흔든다 그를 털어 낸다 아주
오래 안 사람의 눈빛으로 당신 나랑 친구 하는 거요 그가
다짐하듯 다짐하듯 에이 어르신과 친구는 무슨 한발 물러
나니 강아지마냥 내 뒤로 와 허리에 팔을 두른다 그가 말
한 친구가 내가 아닌 것 같아서 나 당신과 친구 못 할 것
같습니다 말하는데 왜 눈물이 날까 친구 친구 나의 어디
에서 그가 나랑 친구 하고 싶었는지 몇 번이나 시간을 돌
려 봐도 내가 보인 그 틈이 어딜까 내 몸 어디쯤 틈이 있나
손으로 더듬 더듬다, 나의 가장 약한 곳에 베이고 말았다

여자 계단 아무개 그리고 CCTV

 계단일 텐데 계단이 없다 더듬더듬거리고 있을 때 뒤에서 어떤 여자가 거기 그럴 필요 없어요! 그냥 내려가면 돼요! 계단 같은 것은 없다고요! 소리친다 계단이 없다니 이곳에 계단은 없다 그냥 걸으면 돼 다시 내려가기 시작한다 계단은 없다 없지만 나는 여전히 계단이 거기 있는 것처럼 발을 더듬는다

 낯이 익은데 혹시 아무개 아니세요? 나는 아무개는 아니고 아무개를 아는 사람이라고 했다 아무개를 어떻게 아느냐 물으니 CCTV를 향해 아무개가 주차 시스템의 문제에 대해서 강하게 항의하고 갔다는 것 그 새벽에 말이다 자기가 고위층의 누구와 잘 아는 사이라고 했다며 그 점을 더 불쾌해했다 계단에 대해 알려 준 호의 때문에 그때 아무개 옆에 서 있던 사람이 나였다고 말하지 않았다 대신 아무개가 왜 그랬을까요? 그럴 사람이 아닌데 말입니다 최근 들어 아무개가 사랑에 빠지긴 했습니다만 끝을 흐리며 자동차를 찾는 척하며 멀어졌다

방문객

칫솔을 버려야 하나 칫솔모를 들여다보고 있는데
아버지가 들어오신다
어떤 남자들 데리고 집으로 들어오신다
두꺼운 외투를 두 벌이나 입으셨네요
오늘이 그렇게 춥나?
창밖을 내다보았지만
새로운 바이러스가 창궐하잖니
옷이라도 두껍게 입고 왔지
좋아 보이시네요 아버지
음식을 준비했는데 이걸 어쩝니까
다 상해 버렸어요
너무 늦게 오신 것이 아닌데
다 제 잘못이에요
요즘은 무엇을 예측하지 못하겠어요
비가 온다는 예보는 자주 빗나가요
예보보다 언제나 심각해야 합니다
닳은 칫솔을 보면 무서워요
버려진 것들은 버려진 것으로 돌아온다잖아요
너무 예민해질 필요 없다 내가 이렇게 왔잖니
아버지는 거기서도 저를 생각하셨군요

그런데 저 남자들은 뭐예요?

샤이나에서 온 남자

당신은 어디서 왔나요
샤이나에서

옆에 있는 두 명의 저 소녀들은 누구인가요
시간을 이삭 줍는 아이들

소녀들은 말없이 웃기만 하고
웃는 모습이 멀리서 날아온 꽃씨 같다 생각하다

여기엔 언제 왔나요
일주일이 지났고 일주일이 남았네요

이제야 당신을 만났는데 일주일은 무엇을 할 수 있는 시
간일까요
무엇을 하기에도 충분하죠 *가장 조용한 시간은*

당신 따라 당신 손을 잡고 가장 깊은 곳을 밟으며 걸어
요 걷고 걸으며 조금씩 시간을 흘리며 처음과 끝의 시간
을 모두 써 버리고 내가 떠나온 곳 검은빛의 땅 샤이나로
돌아갈 거요

소녀들은 말없이 웃기만 하고
웃음에 소리도 없는 웃음에

나도 모르게 튕겨져 나와
이름도 묻지 못했는데

*샤이나는 아프리카 어디 열대우림 속에 있지 싶어 구글 지도를 찾아
보았으나 찾지 못했다. 그렇다면 그는 어디에서 온 걸까? 화이자에서
개발한 샤이나 피임 주사가 있고 필리핀에서는 배우 겸 가수 겸 모델
샤이나 마그다야오가 현재 활동 중이다. 부산의 샤이나 오피스텔에서
는 작년에 코로나 확진자가 27명 발생했다. 그 외 샤이나 뷰티, 샤이
나 모텔, 샤이나 스타킹이 샤이나와 어떤 관련이 있긴 있는 것 같은데.

구월

마사회 건물 앞을 지나는데 차가 심하게 밀렸다 비슷한
표정을 한 사람들이 자동차 사이를 주의하지 않고 지나다
녔다 짧거나 길거나 경적 경적 여기저기 뭉치거나 흩어지
며 새로운 리듬이 생겨났다 체조 같은 축제 같은 리듬 흥
청흥청 흔들리는 소리 흥청망청 흔들리는 사람들

한 남자가 길 한가운데서 바지를 내리고 오줌을 누고 있
었다 나는 눈을 비비고 오줌이 힘없이 떨어지는 그곳을 쳐
다보았다 고향의 붉은 흙냄새를 맡으면 오줌을 누고 싶어
진다는 여자가 떠올랐다 일요일인데 구월이었다

검은 강

베트남의 검은 강변을 걷고 있었다 너는 낮은 흙더미에 주저앉아 흙놀이에 빠져들었다 흰 손가락 사이로 검은 흙이 흘러내리고 흘러 나는 그 자리에 너를 남겨 둔 채 어디론가 혼자 걸었다 걸을수록 어둠은 깊어 걸음을 뗄 때마다 검은 벽이 막아선 것 같았다 강변을 되돌아 걸으며 너를 불렀다 낯선 땅 낯선 하늘 사이로 너의 이름이 떠돌았다 너는 대답하지 않았다 어둠 속에서도 사람들은 부딪히지 않고 돌아다녔다 너를 영영 찾지 못할 것만 같아 나는 울음을 풀어헤치고 풀어 강둑을 헤매고 다녔다 베트남인 부부가 나를 보고 수군거렸다 그 남자가 찾는 여자 같아 베트남어를 한마디도 할 수 없는 나는 그들의 말을 알아들을 수 있었다 그 남자를 보셨나요 그들이 고개를 끄덕였다 검은 강을 멀리 가리켰다

귀인

나는 어떻게 초록을 사랑하게 되었을까

이슬이 저대로 마르기를 기다리는 풀잎
감꽃 떨어질 때 숨을 참던 나뭇잎
솔잎에 찔려 햇빛 숭숭 쏟아 내던 하늘
한곳에 오래 갇힌 저수지 물, 물빛들

밀밭에 서서 푸른 새벽을 등짐 지고
하애지도록 바라봤을 먼 곳

우리는 아직 같은 우주에 있습니까?

여름이 가까울수록 시큰해지던
그늘 냄새

가을은

　　　　　없
　　　　　　　　었
　　　　　　다

아버지의 늘어진 스웨터를 풀어

첫코를 걸다 말고

내가 초록을 사랑하여 서둘러 사라졌나

나는 어떻게 또 너를 사랑하게 되었을까

나는 꽃을 사지 않아요

성당 입구에서 나이 든 여자가 종이꽃을 만들어 팔고 있다 끝을 살짝살짝 펴 주면 끝이에요 자 여기 작약 나에게 꽃을 흔들어 보였으나

나는 꽃을 사지 않아요

아득히 먼 첨탑 위태로운 십자가 반짝이는 촛대 꽃병에 꽂힌 꽃들이 구경거리가 된다 사람들이 내부를 구경하며 사진을 찍는다 한 남자가 여기서 저기가 보이도록 사진 좀 찍어 주세요 카메라를 내민다 저쪽은 안이다

남자를 줌인하면 안이 사라지고 안을 줌인하면 남자가 사라진다 남자를 찍으려다 안을 찍으려다 결국 찍지 못하고

아무것도 찍히지 않은 카메라를 받아 들고 남자가 고맙다고 인사한다 사진을 찍지도 않았는데요 뭘 그래도 고맙다고 나는 괜찮다고

나는 정말 괜찮습니다

해가 있는데 사방이 어둑어둑하고 내가 어디로 가는 중이었는지 잊어버리고 성당 입구에 서 있다 계속 거기 서 있을 수 없지만 한참 서 있다 여자가 또 종이꽃을 내민다 자 여기 작약

본가입납

문소리가 나서 나가 보니 아무도 없다 문이 열린 부분이
까맣게 어두워 밤이 왔나 싶어 문을 닫았다 분명히 누군가
왔는데 고개를 갸웃하다 방향을 뒤집어 모로 잔다 까무룩
얼마나 잤을까 다시 문밖에서 소리가 난다 누구세요 거기
문을 열어 봤더니 아버지가 논에 물을 보고 왔다고 마루에
걸터앉으려다 말고 시장하다 뭐 좀 다오 하필 찬밥 한 그
릇 남지 않았을 때 오셨을까 무엇을 해 드리나 냉동고 가
득 이것저것 쌓여 있을 텐데 도무지 기억이 안 나 시들한
달걀의 눈을 바라보고 있는데 또 누가 벨을 울리는지 누구
지 그냥 지나가게 할까 하다 나가 봤더니 소화전에 상자를
넣고 돌아서는 택배 아저씨 사흘 전 주문했던 둘째 아이
가을옷 문을 닫고 들어서는데 아이고 아이고 아버지가 안
계신다 시장하시다 했는데 이를 어쩌지 어쩌지 다시 꿈속
으로 들어갈 수는 없고 수국이 지기 시작했다

오후의 물병

나비가 날개짓한다
나비가 날개짓한다
나비가 날개짓한다

나비가, 나비가, 나비가…… 아흔아홉 번째, 백 번째……
천네 번째 나비가 날개짓한다

해가 다 지도록

아무도
날아가지 못한다

제4부

0.00

음주 단속 중이었다 침을 뱉으세요 뱉으시면 됩니다
경찰관과 종이컵을 번갈아 보며 침을 뱉어야 하나 말아
야 하나 침을 뱉지 않으면 뺑소니입니다 어정쩡 침을 뱉
었다 그리고 한번 비웃어 주세요 예? 한번 비웃어 주세요
그러면 끝입니다 나는 비웃으려 했다 웃음과 비웃음 사이
어중간하게 입꼬리를 올리다 비틀었다 수치는 0.00 잘못
산 기분이었다

이를테면

나는 도를 고발하고자 한다 도의 무지 무감각 무임승차
에 대해서 도는 매번 맞장구친다 살짝 거드는 것처럼 자신
을 비교적 안전한 위치에 찰싹 그것은 도의 생존 전략 나
는 한때 도처럼 맞장구를 신봉한 적이 있었다 맞장구 맞
장구 관계를 위한 고전적 처세술 그러나 실체를 알고 나
서 더 이상 맞장구칠 수 없었다 난 더 이상 도에 기대어 맞
장구치지 않을 것이다 고개를 끄덕이지 않을 것이다 다짐
한다 다짐하고 다짐하지만 영원히 도와 절연할 수 있을까
쫑 쫑 쫑 이제 쫑이야 그게 가능할까 한 점 죄책감도 아쉬
움도 없이 도는 고수다 만수다 독종이다 한계를 짓지 않는
다 도는 실체를 드러내지 않고 존재한다 오로지 누군가의
뒤에 살짝 기대어 맞장구 맞장구 쿵 더덕 쿵덕 맞장구치며

영원한 계주

　사람들이 달리기를 한다 두 다리를 쫙 펴서 날아오를 것처럼 벗어나는 달리기 바통을 쥐고 이제 곧 넘기려는 것처럼 달리기는 끊어지지 않고 바통을 준다 받으며 달리기는 떨어지지 않고 깨지지 않고 멈추지 않는다 어떻게 너는 끝낼 수 있었지? 너는 토끼 아니 캥거루 아니 세상에서 가장 슬픈 말 아니 치타 한 번도 만져 본 적 없는 치타 나는 한 번도 바통을 가져 보지 못했지 나는 다른 달리기를 위해 누군가 바통을 쥐여 주면 그럴 수 있을까 바통이 있다면 바통이 바통을 바통에게 바통은 글쎄 나는 달리기를 정말 모르겠어 어떻게 하는지 보여 줘 너의 달리기를 모두의 달리기를 너는 속삭였지 비법을 전수할 때처럼 *달리기는 팔을 힘차게 있는 힘껏 할 수 있는 한 온 힘을 다하여 팔을 이렇게 계속 흔들어야 해* 나는 팔을 흔들며 진짜 진짜 팔을 흔들며 달리기를 하지 바통도 없이 다리도 없이

억 억억

　　신혼 초 서울로 이사를 했어 맹모삼천지교 서울대 밑에
방을 얻고 짐을 풀고 태어나지도 않은 아이를 위하여 위하
여 빚을 더하고 더해 전세를 살고 두세 달쯤 살았을까 그
집이 홀딱 넘어갔지 전 재산을 날릴 수 있겠구나 아찔했
지 배 속의 아이도 놀랐는지 꼼짝 않고 캄캄했지 도망 중
이던 집주인을 어찌어찌 만나긴 만났지 집주인을 만난 나
는 그 사람을 딱히 뭐라 불러야 할지 몰라 주인님 꼭 부탁
드려요 이 집은 우리의 전부예요 주인님 부탁드려요 제발
요 몇 번이나 부탁했어 주인님이라 부를 때마다 나는 진짜
종이 되었지 그 사람 손끝에 매달려 있었지 뭔가 우습다고
생각했지만 웃을 수는 없고 주인님을 뭐라 불러야 할지 몰
라 계속 주인님 주인님 내가 말하는 동안 잠자코 듣고 있
던 주인님 도저히 참을 수 없다는 듯 웃음을 터뜨렸어 웃
을 상황이 아닌데 주인님은 마구 웃고 나는 웃을 수 없었
지 울고 싶었지만 어디선가 종이 울었어 정말 종이 울었
어 댕댕 댕댕 주인님 주인님

억

내가 어렸을 때는 억이면 충분했다 소리만 내도 아득해
지는 억 선생님은 조 경 해를 흑판에 쓰고 우리는 쓸 일이
아마 없을 거라 했다 내게 조 경 해는 친구들의 이름 조 경
해를 넘어선 숫자도 있다는 말을 들었지만 굳이 알려고 하
지 않았다 나는 여전히 억이면 충분했다 소리만 내도 아
득해지는 신혼집은 억에서 한참 모자랐지만 그래도 좋았
다 서울에서 나는 억 아래의 방들을 전전하며 십 년을 살
았다 내가 낳은 아이들은 학교에서 아주아주 큰 숫자들을
배웠다 아이들이 어디까지 알고 있는지 묻지 않았다 아이
들이 크는 동안 억은 조금씩 작아지고 억은 억대로 고민
했을 것이다 점점 작아진다는 것에 대하여

억 억

명동성당 길을 걸었다

성당 길 그 길

첨탑이 아름다운 그림자를 눕히는 자리

한 뼘씩 키를 높이는 계단

그 밑에 납작 엎드린 억을 깔고 앉아

땡볕 아래 밥을 먹는 한 사내

박카스 박스 속 부서지는 지전
지전을 지그시 밟고 있는 동전 동전들

아 아 아득해지면서

여섯 시 알람이 울고

오 분마다 네 번 더 알람이 울고서야 일어나기로 했다
머리를 감기로 했다 큰 체크를 입기로 했다 작은 체크로
갈아입었다 번번이 주황 신호에 멈추기로 했다 창문을 활
짝 열어 두기로 냉장고 위치를 바꾸기로 어려운 말을 문자
로 보내기로 했다 이제 더 이상 관대해질 수 없습니다 사
람들끼리 온다는 것을 거절하고 기계와 오겠다는 사람을
만나기로 했다 가는 길에 경찰서에 들르고 오는 길에 수
선집에 들르기로 했다 허리선에서 길이를 줄이기로 했다
문득 소매를 떠올리고 소매를 줄여 달라 전화하기로 했다
두 손마디쯤 자르기로 했다 애매한 말들조차 궁극엔 확실
해지리라 오늘 만남을 내일로 미루기로 했다 텔레비전을
보기로 했다 어디론가 사라지는 개그맨들 내일 버릴 것들
을 머릿속에 담아 두기로 했다 오늘 날짜를 써넣은 문서를
들여다보다 오늘이 내일도 유효할까 밤에 창을 반쯤 닫기
로 했다 참을 수 있을 때까지 참아 보기로 했다

밤의 출력

　너는 여기 당도한다 라이트를 켠 차들이 빠르게 이동하고 사람들이 벗어나려 한다 새롭게 집요하게 창문에 기대 졸면서 여학생들 머리카락을 내버려 둔다 마음대로 흘러내리도록 마음대로 벗어나도록 어둠 따라 바퀴 따라 꿈을 따라 무채색 물감이 서로 휘감고 사라지듯 방지턱에 걸려 잠깐 눈을 뜰 때 폭발한다 너는 백발이고 주름져 있고 지쳐 있다 너는 쓸쓸하고 위엄 있고 버스는 너를 내려놓고 물러나고 나는 너를 끌어안고 입을 맞추고 혀를 전혀 사용하지 않는 완전한 깊음 깊이 너밖에 안 보인다 이 도시의 심지를 자꾸 만져 본다 뜨겁다 뜨겁구나 어둠이 전부 증발할 지경이다 밤에도 어떤 구름은 떠 있으나 어림없다 씻어 내리기에는, 나는 붙잡지 못할 것이다

너무나무

　너무 많은 나무 너무 많은 환호 소리 질러 꽃이 진 것처럼 맥없이 날린다 어디 어디로 너무 많은 방향 동동 남남 동동남향 빛의 향기는 그림자 너무 향기로운 어둠 너무 부드러워 그림자의 층층 층위 바닥으로부터 너무 많은 욕망 나의 욕망을 굳이 읽으시겠다면 부끄러워요 한쪽이 붉어지는 뺨 우스워요 누가 낙서해 놓은 것처럼 장난 같아요 너무 많은 장난 장난인데 너무 무거워요 너무 많은 불안 불.안.만.연. 잠을 잘 수 없어 일시적인 습관이 아닙니다 불안에 중독된 것입니다 오독하세요 오독은 멀리 갑니다 그렇다고 모독하진 말아요 불안은 진리예요 더 더 불안해지세요 불안이 불안을 알아차릴 때까지 알파와 오메가 뿌리에서 나와 뿌리로 돌아가 굴렁쇠 구른다 너무 많은 회전 구릅니다 굴러갑니다 굴러 굴러가 어디에는 죽어서 천년을 살아야 하는 나무가 있다는데

황룡강 십억 송이 꽃

　　백만 송이 애기 애기똥풀 백만 송이 장미 백만 송이 꽃
이 피어 이제 내 별로 갈 수 있다네 노래가 노래를 십억
송이 십억 송이 꽃이 피면 영원한 저 별로 갈까 강변에 가
자 노랠 부르며 강변을 걷자 백만 송이 창포 다가오는 유
두 창포물에 머릴 감고 반짝반짝 물빛에 머릴 말리자 백
만 송이 양귀비꽃이 불법이라니 불법이라면 불법이 넘쳐
나요 강둑에도 강물에도 붉은 불법 붉어서 불법 백만 송이
금영화 백만 송이 은영아 사랑한다 은영아 백만 송이 수레
국화 백만 송이 꽃을 싣고 수레는 굴러갑니다 수레바퀴 밑
에서 살아남은 민들레 아스팔트 투쟁 오체투지 하양 노랑
하양 하양 모든 흔적을 존중합니다 백만 송이 노랑 꽃 노
랑을 잊지 않겠습니다 백만 송이 끈끈이대나물 끈끈한 사
람 끈끈한 사랑 끈끈이주걱 유인하고 포획한다 사랑이 사
랑을 제거한다 백만 송이 수국 내가 좋아하는 수국이 비
를 좋아하는 수국이 한 송이에 백 송이 꽃을 품는다면 실
현될까요 백만 송이 사랑 천 번을 꽃 피우면

●심수봉, 「백만 송이 장미」.

78

오늘은 누가 가장 행복했을까

금으로 지은 성을 배경으로 사진을 찍으려 했으나
했으나

오기로 한 사람을 기다리다 오지 않아
성벽을 따라 걸으며 상수리 열매를 주웠다

다섯 개만 줍기로
공깃돌로 다섯 개만 줍기로 했는데
하나가 꼭 마음에 들지 않았다
하나를 버리고 다른 것을 고르면 다른 하나가 마음에 들
지 않았다

나는 어떻게 작은 것에 대한 분별력을 갖게 되었나

오기로 한 사람이 저만치 걸어왔는데
내 앞까지 걸어왔는데 그냥 모르는 척 지나갔다

이상도 하지

나는 언제부터 이런 마음을 먹게 되었나

뭐라도 줍다 보면

죽녹원을 지나고 있었다

죽녹원은 정문으로 들어가든지
후문으로 들어가든지
향교길 쪽으로 들어갈 수 있어

정문이 정문이 된 이유 알아?

전문이 정문이 되고 후문이 후문이 되었거나
정문이 정문이고 후문이 맥락 없이 후문이 되었거나

땅바닥에 벽돌들을 하나씩 눕혀 놓고
나는 더 이상 높이를 가지지 않겠어
평평해질 테다 선언할 때처럼

전복이 필요했을까

다음 주쯤 지려나
다음 주까지 가겠어?
무슨 이유가 없더라도 떨어질 것은 떨어진다

이름을 부르면
아무 생각 없이 내가 돌아본다

벚꽃은 왜 벚꽃이지?

붓다거나
벗다거나
킥킥

버찌 열매를 손끝으로 짓이긴다

잊다 잊어버리자 잊혀지거나

　고유의 방식으로 꿈은 형태를 지운다 처음부터 순서대로 지우개로 지우는 것과 다르게 아무 데서나 지우고 싶은 것부터 지운다 깨끗하게는 아니고 주변을 쓱쓱 뭉텅뭉텅 어떤 부분은 둥근 빵 덩어리로 보이다 만지려 하면 밀가루처럼 아늑해져서 모양이 참 막연해져서 무엇이었더라 말할 수 없게 한다 어떤 수업을 들었는데 어떤 칭찬을 받았는데 무어라 말할 수 없다 뭐였더라 안개처럼 잡히지 않는 희미함 무게도 감촉도 없지만 분명 거기 있는 알갱이들 안개로 건물을 짓고 지붕을 뚫은 철근을 보고 낙서가 적힌 흑판을 본다 내 편이 아닌 사람들과 일을 하다 싸움이 나고 또 금방 화해한다 맥락에 관여하지 않는 사람들과 내기를 하고 지략을 세워 크게 승리한다 다만 칭찬이 무엇의 결과였는지 명확지 않다

제5부

마지막 잎, 입

잊기 위해 쓴다 어떻게 이끌지 모르는 시간을 향해 모든 것은 무관하며 집중되어 있다 전혀 생각 않고 있다는 듯 포도 열매를 씌우고 감잎과 꽃받침을 빗자루로 쓸다 부질없어 다 부질없다 어떤 것은 열매를 키우고 어떤 것은 열매를 놓아 버린다 알 수 없는 일 어쩌다 감나무는 제 열매를 놓치는 것인가 먼지를 닦는다 숨어 있는 먼지까지 찾아서 닦고 닦는다 닦는 행위가 낫게 할 거라는 믿음으로 시간을 닦는다 아무도 없는 방에서 빈 옷들을 보면 참을 수 없다 껍데기일 뿐인데 껍데기조차 무겁다 그래 오라 가까이 가까이

가까워지면 안 되잖아, 라고 말했다

같은 자리에서 사진을 찍었어요 모자를 썼다 벗고 미간을 찡그리다 웃고 이를 보이며 환하게 조금 더 환하게 마스크를 벗다 안경을 썼다 나를 세워 두고 난처하게 하고 싶어요 평범한 날이니까요 배경은 흠잡을 데 없이 아름다워요 문제는 표정들 어느 한 면도 숨기지 못하고 발각되는 마음들 돌연 나를 전부 삭제하고

배경을 벗어나요

분홍 살빛 자귀나무꽃 흔들려요 호수의 물빛 따라 흘러가요 접시 꽃대가 휘네요 휘어요 휘청 꽃씨를 좀 받아 가요 접시꽃이 몰랐으면 좋겠어요 꽃씨를 어디에 묻어 둘까 생각해요 접시꽃은 자신의 운명을 넘어설 수 있을까 내가 멀리 씨앗을 퍼뜨리겠어요 우리가 방황하던 담벼락마다 층층이 부흥하겠죠

새로운 불화를 쌓으며…… 쌓으며……

스피커가 불경을 읽어요 스님은 어디로 가셨을까 아무 뜻도 없는 말들도 계속하다 보면 경전이 되죠 대웅전 계단

에 쪼그리고 앉아 알지 못하는 빛살들로 교화되고 있어요

　아 백일홍은 아직 아니에요

돌아가는 나비

사람이 죽으면 빚이 다 청산되는 거야?
고개를 끄덕여 주었다

니가 죽든지 내가 죽든지 한쪽이 죽으면 된단 말이지?
다시 고개를 끄덕여 주었다

비행기가 이륙하고 있었다

발끝을 오므리고
새로운 국면으로 넘어설 수 있을까

눈을 꼭 감았다 떴다
볼을 빵빵하게 부풀렸다 팡 터뜨렸다
누군가 알려 준 우스운 요령들

전혀 다른 곳으로 갈 수 있다면

꼭 날아가는 형식이 아니어도 괜찮아
그냥 이런 식이 아니면 좋겠어

작아지는 집들을 바라본다
멀어지는 자동차들 저 많은 길들 아 그리울 바닥들

손가락을 하나씩 꼽아 본다
무엇인가 정리해야 할 것이 있는 것처럼
열 손가락 다 접고

아무것도 변하지 않겠지만

허기심 실기복(虛其心·實其腹)

새들이 감나무에 올라가 감을 먹는다

오후 새참으로 홍시를 먹는다

그런데 참 그 새의 마음이란 것

어제 먹다 남긴 감에 가서 조금 더 먹는다

어반 트리

1

여름 모양으로 선을 그어요 나무는 혼자 자라요 하나같이 비슷한 모양을 하고 있어요 일정하게 선을 그려요 어반에서 자랐으니까 해는 같은 방향으로 기울어요 그림자도 자리를 잡아요 사선으로 눕는 그림자 나무들이 같은 모자를 쓰고 있군요 너무 짙은 그림자 그러다 사라질 테지만 그늘은 대부분 바닥에 쌓여요 어두운 것 좀 보세요 저 골목 그늘을 옮겨야겠어요 다른 쪽에 빗금을 그어요

2

겨울엔 주의해요 사슴의 뿔처럼 증식해요 y자 모양으로 확장 또 확장 그림자 따위는 필요 없어요 눈이 있잖아요 마른 가지를 덮혀 줄 따뜻한 눈이랍니다 눈을 기다려요 눈이 걸터앉을 수 있도록 y자를 반복해요 알아줄까요 이렇게 자리를 내놓고 있다는 것 이곳에선 흔한 일은 아니에요 눈을 못 본 지 꽤 됐어요 겨울이 너무 따뜻해요 영하로 떨어지지 않는 어반 앱솔루트 어반 밤이 환해요 너무 환해서 미칠 것 같아요

3

벨 소리가 들려요 전나무를 베어다 화분에 묻어요 뿌리
도 없이 심어 무얼 하겠어요 한 철 종이나 매달고 반짝이
나 둘러 감고 양말이나 걸고 누추해 보이지 않으려 애쓰
는 무슨 이런 경우가 있습니까 생은 날것 아닌가요 몇 천
년 전에 거룩한 아기는 태어나고 그 후로 거룩한 아기와
거룩하지 않은 아기들이 계속 태어나고 자라고 양말을 걸
어 두고 발도 없이 발이 시려요 옛날 굴뚝을 생각하면 안
됩니다 굴뚝은 옛날 말이 되었어요 오지도 가지도 못하게

4

동그라미를 그려요 또 동그라미를 그려요 나무예요 도
면에 설 나무예요 동그란 나뭇잎이 풍성한 나무 도형화된
나무 쉬워요 나무가 된다는 것은 도면의 나무가 되어 산
다는 것은 어반에서 사는 게 그렇죠 시시해요 보이는 것
은 이렇게 단순한데 속이 곪아 터질 것 같아요 그래도 내
색을 못 해요 내색해 어디다 쓰겠어요 다 그런 것을요 상

황은 다 안 좋은 것을 불행이 닮았다는 것은 정말 위로가
돼요 버티고 살아요

오이

사과는 대부분 복잡하고
조금 늦고
복숭아는 향그럽고 꿀물이 뚝뚝 흐른다
포도는 검은 포도는
유두 같다 점점 검어지는
유두를 매달고
감자는 내면을 지녔다
해남에선 고구마를 물감자 감자는 북감자라 했다
아스파라거스
아스파라가스
아스패러거스
어떻게 발음해 보아도 낯설고 어렵다
멀리서 와 그런가
변심은 또 얼마나 달콤했던가
작은 고추는 맵고
청양고추는 더 맵다
페퍼X가 세상에서 가장 맵다는데
앞으로 또 모를 일
세상이 계속될 것이라 믿는 한
오이고추는 싱겁다

아침부터 울고 싶은 날

양파를 깐다

까도 까도 양파는 하얗고 잔인하고 그런데

외로울 때 오이 같은 게 유용할까

무한화서

———

같은 자리에 가
같은 배경을 바라보다 돌아오는
날이 많았다
연극의 한 장면을 연습하는 것 같았다
누군가 나를 지켜보았다면
어제와 똑같다고 말했을 것이다
사실은 날마다 꽃이 더 지고 있었고
나는 꽃잎을 밟지 않으려
발끝을 조금씩 더 들어야만 했다
바람은 발을 숨기고
아프지 않게 지나는 법을 알고 있었다
다음 계절에는 내게도 바람의 발을 주시라
빌었다
한나절 봄비 사이로
꽃은 팔랑 몸을 던졌다
장난처럼 보이기도 했지만
자세히 들여다보면
빈자리에 나무의 살빛이 일어나고 있었다
조금 다른 생이 교차하고 있었다

———

뭉클

　그것이 언제 어떻게 왔는지 모르겠어 뭉클을 서랍 속에 넣어 두고 부를 기회를 엿보았지 가끔 사람들 앞에서 여기 뭉클이야 자랑하고 싶었으나 참을 수 있을 때까지 참았어 뭉클이 아닌 것을 뭉클이라 할 수는 없는 노릇이니까 울고 싶기도 하고 웃고 싶기도 한 것 답답하기도 하고 아름답기도 한 심정을 뭉텅거린 게 바로 뭉클이라네 그 후 뭉클은 자주 불려 나왔어 뭉클이 바빠졌지 뭉클뭉클뭉클 뭉클을 너무 쉽게 대했지 친구에게 핫도그 한입 얻어먹고 뭉클이야 말한 적도 있었으니 뭉클은 가볍고 적당한 뭉클이 되어 갔다네 뭉클이라 부르면 연기처럼 흩어졌지 뭉클이 아닌 것 같았지 변한 것 같았어 뭉에 있는 구멍 속에 뭉클은 자기의 일부를 남겨 두고 대충 나오는 것 같았지 그래서 뭉클 자신만 가슴속이 뭉뭉해지는 거라고 점점 뭉클에게 시들해졌네 별 이유는 없었어 작별 인사 없이 찾아온 이별 같은 것 내 오래된 서랍 속 몸을 잔뜩 부풀린 뭉클이 다시 튀어나오려고 해 지금 뭉클 뭉클 불러도 좋을까?

무엇에 짓서 산나는 깃을 생긱하는 '둥글'의 서정

유성호(문학평론가)

1. 존재 자체를 상상케 하는 역리의 가능성

이서영의 첫 시집 『안녕 안녕 아무 꽃이나 보러 가자』는
지나온 삶의 심층적 기억으로 내려가서 삶의 원리와 내면
의 파동을 구성하고 담아낸 역동적인 서정적 화폭이다. 그
어떤 기억도 이성이 강제하는 효율성에서 완벽하게 자유로
울 수 없다는 점을 고려한다면 그녀의 시가 보여 주는 전언
(傳言)의 질감은 시인 자신의 사유와 감각을 합리성의 맹목
에 종속시키지 않고 존재 자체를 온전하게 상상하게끔 하
는 역리(逆理)의 가능성으로 충일하다. 그녀의 시 안에서 사
물이나 현상은 때때로 결핍과 불모의 상관물로 나타나지
만, 그러함에도 자신을 존재 증명하기라도 하듯, 깊이 웅크
린 존재자들의 투명한 고통과 그것을 통과한 순연한 빛을
저류(底流)에 깔고 있다. 삶의 순간순간을 절절하게 기억함
으로써 그때그때의 난경(難境)과 고통을 견디고 넘어서 온

이서영 시의 심미적 미메시스는 그 점에서 빛과 어둠, 존재와 부재, 과거와 현재 그리고 궁극적으로 소멸 가능성에 이르는 인간 보편의 서사를 전방위적으로 함축하고 있다 할 것이다. 그녀는 그러한 과정을 예술적 실감과 모험적 도약으로 감싸 안으면서 시인으로서의 본령과 정체성을 단호하게 구축해 간다. 그 세계가 아름답게 들어차 있는 첫 시집 안으로 이제 한 걸음씩 들어가 보도록 하자.

2. 떨림과 울림의 순간을 함축해 가는 감동의 언어

이서영의 시는 현실과 상상 사이의 일견 상충적이고 일견 상보적인 긴장을 통해 한결같이 발원하고 있다. 그녀의 시 한 편 한 편은 이성의 통제에 따른 현실성이나 자기 노출에 따른 감상성에서 훌쩍 벗어나 있다. 그만큼 삶의 온전한 과정을 단면적으로 그리지 않고 균질적 복합성의 시선으로 표현한 시편들이 말하자면 이서영의 첫 시집을 관류하는 것이다. 현실의 복합성을 그리면서도 그것을 치유할 수 있는 꿈의 세계를 예비하면서 시인은 그러한 신생의 기록으로 우뚝한 첫 번째 집 한 채를 소담하게 지었다. 이러한 과정을 가능케 한 시인의 역량은 일관되게 그녀만의 언어적 원리에 의해 생성되는데, 그 점에서 이서영은 삶을 견디고 치유하면서 마음의 떨림과 울림을 한없는 지극함으로 노래하는, 자신만의 감동의 언어를 품고 기르고 세상에 내보내는 시인이다.

그것이 언제 어떻게 왔는지 모르겠어 뭉클을 서랍 속에
넣어 두고 부를 기회를 엿보았지 가끔 사람들 앞에서 여기
뭉클이야 자랑하고 싶었으나 참을 수 있을 때까지 참았어
뭉클이 아닌 것을 뭉클이라 할 수는 없는 노릇이니까 울고
싶기도 하고 웃고 싶기도 한 것 답답하기도 하고 아름답기
도 한 심정을 뭉텅거린 게 바로 뭉클이라네 그 후 뭉클은 자
주 불려 나왔어 뭉클이 바빠졌지 뭉클뭉클뭉클 뭉클을 너무
쉽게 대했지 친구에게 핫도그 한입 얻어먹고 뭉클이야 말한
적도 있었으니 뭉클은 가볍고 적당한 뭉클이 되어 갔다네
뭉클이라 부르면 연기처럼 흩어졌지 뭉클이 아닌 것 같았
지 변한 것 같았어 뭉에 있는 구멍 속에 뭉클은 자기의 일부
를 남겨 두고 대충 나오는 것 같았지 그래서 뭉클 자신만 가
슴속이 뭉뭉해지는 거라고 점점 뭉클에게 시들해졌네 별 이
유는 없었어 작별 인사 없이 찾아온 이별 같은 것 내 오래된
서랍 속 몸을 잔뜩 부풀린 뭉클이 다시 튀어나오려고 해 지
금 뭉클 뭉클 불러도 좋을까?

—「뭉클」 전문

감정이 북받쳐 올라 가슴에 가득 차 넘치는 모양을 나
타내는 속성이 '뭉클'이란 말에 담겨 있다. 내면에 언제 어
떻게 찾아왔는지 모를 그것은 누군가에게 표현하기 어려
운 것이기도 한데, 그래서 시인은 그것을 서랍에 넣어 두거
나 최대한 참아 보기도 했다. 일종의 실존적 금기(taboo)였
던 셈이다. 그런데 그 모두를 함축한 '뭉클'은 차차 금단의

영역을 뚫고 스스로 솟아오르기 시작하는데, 그렇게 외부로 표현된 '뭉클'은 어느새 연기처럼 가벼워지고 흩어져 가고 결국 자신을 드러내지 않는 쪽으로 변해 간다. 바깥으로 나오자마자 "작별 인사 없이 찾아온 이별"처럼 시들해져 버린 것이다. 마침내 시인은 "오래된 서랍 속 몸을 잔뜩 부풀린 뭉클"을 고대하면서, 다시 떨림과 울림을 수반하여 튀어나오려는 '뭉클'의 순간을 기다리게 된다. 이처럼 시인은 내면과 외부, 침묵과 표현, 부풀림과 흩어짐 사이의 긴장을 통해 감동의 떨림과 울림의 균형과 공존을 희구하고 있다. "이를 악물어도 흘러나오는 신음을 기억하기 위해" 감동을 숨기기도 하고(「구름 기둥」) "간밤에 풀어놓았던 말들 조각 맞추며/네모난 천장이 저도 모르게 기우뚱거리는" 순간을 남몰래 기록하기도 한다(「취생몽사」). 스스로 갈무리한 감동의 언어를 다듬어서 그것을 침묵과의 긴장 속에 배치하는 이서영의 손길은 지금도 그녀만의 예술적 자의식과 '뭉클'의 서정을 매만지고 있을 것이다.

이처럼 이서영의 시는 선연하고도 절절한 발화 과정을 통해 생성되는 존재 자체의 세계이다. 이는 그녀가 오랫동안 자신의 고유한 시적 존재론을 다듬어 왔다는 점을 알려 준다. 비록 희미하지만 아릿한 잔상(殘像)에 의해 형성되고 보존되어 온 그러한 흔적을 안아 들이면서, 그녀는 자신의 몸에 그것들을 끊임없이 새겨 온 것이다. 의식의 심층에 형성된 기억에 의존하면서도 삶의 최전선에서 언어와 치열하게 싸우고 화해하고 한 몸이 되어 가는 '시인 이서영'의 모습이 참으로 아름답게 다가온다. 이번 시집은 이러한 모습의 약여한 화첩이 되고도 남음이 있을 것이다.

3. 기억의 심연에서 떠오르는 감각의 구체성

이서영의 시는 기억의 심연을 줄곧 향한다. 서정적 동일성의 세계가 이러한 국면에서 단연 빛을 발하고 있다. 그녀는 자연과 인간, 삶과 죽음, 과거와 현재를 넘나들면서 새로운 인지적·정서적 충격을 생성시키는 장인(匠人)으로 돌올하게 태어난다. 또한 그녀는 견고한 언어를 통해 시간의 흐름에 대한 기억을 순연한 결정(結晶)으로 들려주는데, 이미 사라져 간 것에 대한 기억으로 그러한 작업을 정성스럽게 수행한다. 이때 우리는 되돌릴 수 없는 시간에 대한 쓸쓸함과 시가 씌어지는 중요한 순간의 역동성을 함께 느끼게 된다. 그에 따라 떠오르는 그리움은 대상의 부재를 통해 순간적 현존을 탈환하는 감각 운동을 담아내고 있다고 해도 좋을 것인데, 이처럼 이서영의 시는 기억의 심연에서 일관되게 길어 올리는 회감(回感)의 예술적 가능성을 보여 주고 있다 할 것이다.

　　나무가 물에 잠겨 있었다
　　무엇에 잠겨 산다는 것
　　물이라서

　　좋았다

다행이잖아 봄이라서

수온이 적당하기를
비가 저수지에 떨어질 때 네가 우산을 꺼냈다
둑방길을 걸으려 할 때 막
비가 와서

좋았다

우산이 커다랗고 동그랗게 펼쳐지고

자리가 생겨
나는 가방을 오른 어깨에 옮겨 멨다
왼손을 어디다 둬야 할지 몰라
둘 곳 없는 손이 하릴없이
흔들흔들

저수지 안을 오래 기억하는 나무들
연둣빛으로 흔들리는 표정
두근대는 빗방울
나무를 더 자주 더 멀리 보냈다
흐려지는 물속을 들여다보며
비가 한참 오려나 봐

우산 밖으로 손을 내밀어 보았다
차가운 살

너는 내 손바닥 안의 비를 만져 보았다
그대로 멈춰 서 있었다
비가 내리고 있었다

나무들이 더 빠르게 흩어지고

　　　　　　　　　　　　　　　　　—「세량지(細良池)」 전문

　전남 화순에 있는 '세량지' 속으로 평화롭게 산의 모습이
비쳐 온다. 이때 시인은 "무엇에 잠겨 산다는 것"을 생각해
보는데, 그 공간이 '물'이고 그 시간이 '봄'인 것을 다행으로
여기면서 '너'와 함께 둑방길을 걷는다. 내리는 비를 반기면
서 우산이 만들어 준 공간에서, 저수지 안을 오래 기억하는
나무들처럼, 연둣빛으로 흔들리며 두근거리면서 마음속 나
무를 어디론가 멀리 보낸다. 어느새 "차가운 살"처럼 내려
"내 손바닥 안"에 머무른 비를 만지면서 '너'는 서 있다. 그
렇게 봄비 내리는 저수지를 배경으로 하여 우산 속 공간과
작은 손바닥을 적시는 순간을 잡아낸 명편이 아닐 수 없다.
이러한 기억술은 "무채색 물감이 서로 휘감고 사라지듯"한
순간을 담기도 하는데(「밤의 출력」) 이때 우리는 시인의 삶에
서 "하나의 작은 섬광이 등줄기로 지나갔음"을 암시적으로

알아차리게 된다(「문밖에 그 자그마한」). 무엇에 잠겨 산다는
것을 생각하는 순간은 이처럼 '시인 이서영'을 아름답게 낳
고 기르고 펼쳐 온 것이다. 다음은 어떠한가.

유리창에 눈을 대고 기타를 바라보고 있었지 실제보다
열 배는 작아져서

기타에서 어린 소리가 날까
병아리만 한 소리 솜털만 한 소리

그 시간 네가 나를 마지막으로 불렀을지
모르는 그 순간

작은 기타는 세상에 없는 노랠 가지고 있었지
지붕이 온통 노랗던 시간

부러진 나뭇가지 끝 물방울 매달려 있었지
노랗던 말갛던 물방울 혀를 갖다 대며

이건 꽃의 탄식

기타 소리 들리는 거 같았지 돌담 따라가 보았지 마루에
작년에 저문 치자 열매 마르고 있었지 산수유 열매 더 마르
고 있었지

사람들이 웅성거리고 앰뷸런스 울고 있었지 결국 결국
말을 잇지 못했지 다시 돌아오지 못할 테지

기타를 구경하고 있었지
아주 작다고 예쁘다고

—「노랑에 관한」 전문

제목 그대로 "노랑에 관한" 기억을 담고 있는 시편이다.
이 작품에는 선명하고 은미(隱微)한 감각들이 온통 출렁거
리는데 그것은 "유리창에 눈을 대고" 기타를 바라보는 시각
에서 시작하여 기타에서 울려오는 "어린 소리" 곧 "병아리
만 한 소리 솜털만 한 소리"에 대한 청각으로 전이되고 있
다. 기타를 울리며 다가오는 "네가 나를 마지막으로 불렀을
지/모르는 그 순간"이야말로 시인의 기억이 향하는 시간이
고 그녀의 시가 쓰이는 시간일 것이다. 그렇게 "세상에 없
는 노랠 가지고" 있던 기타를 향한 청각의 기억은 "온통 노
랗던" 지붕을 향한 시각의 기억까지 건네게 된다. '유리창-
기타-지붕'으로 이어진 이러한 감각의 연쇄는 "부러진 나
뭇가지 끝"에 매달린 '물방울'로 응집되는데, 이때 시인은
"노랗던 말갛던 물방울"을 통해 "꽃의 탄식"처럼 들리는 기
타 소리의 환각을 경험하면서 '치자 열매-산수유 열매'를
바라보게 된다. 웅성거리는 사람들과 누군가를 싣고 떠나
는 앰뷸런스의 울음을 뒤로하면서 여전히 작고 슬픈 소리

가 들려오고 말을 잇지 못하는 기억들이 생생하게 흘러나오는 장면이 이어진다. 결국 "노랑에 관한" 기억은 '병아리 솜털-치자 열매-산수유 열매'의 이미지군(群)을 차례대로 불러오면서 후속 이미지들을 확산해 간다. 시인의 기억을 물들이는 "서서 비 맞는 나무처럼 고스란히 내게 다가오는 모든 것"들은(「구름 기둥」) 이렇게 "없는 것을 본 것처럼 만진 것처럼 소스라치게"(「어떤 울음」) 서늘한 이미지들을 거느리고 있는 것이다.

이렇게 이서영은 뭇 존재자들의 생성과 소멸 혹은 그것들끼리의 상호 의존성에 대해 예민한 사유를 진행하는 시인이다. 말하자면 피어나고 이울고, 살고 죽고, 현상하고 사라져 가는 과정적 존재로서의 사물이나 현상은 그녀의 감각에 남김없이 포착되어 가장 순수한 외관을 드러낸다. 삶의 근원적 속성을 거느린 그러한 질서들은 그녀의 시법(詩法)으로 하여금 존재자들을 향한 강렬한 감각으로 자신을 구축하게끔 안내하고 있다. 그 점에서 이서영은 자신의 시가 우리의 감각을 구성하는 기억의 언어예술임을 확인해 준다. 기억의 심연에서 떠오르는 감각의 구체성이 이때 더없는 자산이 되는 셈이다.

4. 투명한 빛이 불러오는 존재론적 기원

또한 이서영은 이번 첫 시집을 통해 자신의 삶을 가능하게 했던 존재론적 기원을 탐색해 가는 모습을 보여 준다. 이때 '기원(origin)'이란 지난 시간을 거슬러 오름으로써 가

닿는 최초의 기억 지점이자 무언가를 태동케 했던 처음 원인을 말한다. 그리고 그 원초적 시간을 역류하는 것은 단순하게 과거를 복원하는 것이 아니라 그 시간을 새로운 경험의 형식으로 생성하는 과정을 함축하게 된다. 나아가 그것을 현재의 삶과 연루시키는 행위를 포괄한다. 시인은 이러한 기원 탐색 과정을 통해 현실에서는 불가능한 상상적 존재 전환을 꾀하게 되는데, 이때 그녀의 사유와 감각은 비현실적 몽상이 아니라 가장 실감 있는 상상을 통해 새로운 존재 생성의 거소(居所)를 만들어 낸다. 그리고 그러한 기원은 궁극적으로 지상에서 살아가는 시인의 존재 방식을 불가피하게 열어 주는 역할을 하게 된다.

코빼이 벼랑 끝 검은 바다 석화 개펄 기어 다니는 게들 낙지들 엄마들 구멍이다 우물 깊은 우물 펌프 마중물 도시로 간 언니 오빠 신작로 바람 아닌 바람 같은 바람 구멍이다 옅은 잠 나선형 추락 크는 꿈 주성산 간첩 붉은 간첩 도망쥐 쥐내림 당산 신나무 새끼줄 구멍이다 팽나무 팽이 동백 동박새 올빼미 연 연날리기 오징어게임 불놀이 불싸움 구멍이다 줄넘기 줄다리기 달리기 검은 산 검은 하늘 잔별 사자자리 은하수 은하철도 999 구멍이다 이삭 논두렁 새 떼 참새 목청 목소리 새 학교 푸른 뱀 뱀눈 두근두근 하얀 허물 구멍이다 소나무 솔잎 송충이 소주병 보리차 소주병 아버지아 아버지 구멍이다 처마 밑 고드름 방죽 얼음 썰매 땅끝 땅강아지 경운기 그날 경운기 구멍이다 황토밭 북감자 물고구

마 마늘 양파 매운 양파 무거운 양파 마지막 양파 구멍이다
푸른 벌 보리 보리 베기 낫 붉은 피 핏방울 아침놀 저녁놀
감꽃 구멍이다 무너진 구멍들이다

　　　　　　　　　　—「그것이 나를 이렇게 키웠다」 전문

　　미당(未堂)의 유명한 "나를 키운 건 팔 할이 바람"이라
는 구절이 있거니와(「자화상」), 그것을 변형하여 우리는 '나
를 키운 건 팔 할이 구멍'이라고 이서영의 성장사를 요약할
수 있을 것이다. 문장마다 마지막을 장식하는 "구멍이다"라
는 표현은 '구멍'이 바로 '나'를 키운 모성(母性)이자 절대적
자양분이었음을 분명하게 알려 준다. 이러한 살갑고도 아
득한 성장사에는 한 시대를 통과해 온 기억이 다양한 세목
을 불러오면서 충실하게 재현된다. 고향이 해남(海南)인 그
녀가 "벼랑 끝 검은 바다"나 '주성산' 같은 공간을 불러오는
것은 매우 자연스럽고, '신작로', '연날리기', '오징어게임',
'은하철도 999' 같은 시대적 기표들을 끌어들이는 것도 그
녀의 세대론적 실감을 한결같이 북돋고 있다. 바다에는 "엄
마들 구멍"이 석화나 게나 낙지를 통해 기억되고 있고 "깊
은 우물"을 연상하면 신작로를 따라 떠난 언니 오빠가 남긴
"바람 구멍"이 떠오르고 있다. "새끼줄 구멍", "불싸움 구
멍", "은하철도 999 구멍", "하얀 허물 구멍"이 한없이 이어
지던 시간은 '소녀 이서영'을 키워 간 수많은 흔적으로 남겨
졌을 것이다. 그러다가 '아버지'에 이르러 시인은 "아"라는
짧은 감탄사를 무의식중에 끼워 넣는데, "소나무 솔잎 송충

이 소주병 보리차 소주병 아버지 아 아버지 구멍이다"라는 표현에는 다른 곳에 없는 "아"가 들어 있지 않은가. 그다음으로 이어지는 "경운기 구멍"과 "양파 구멍"과 "감꽃 구멍"은 모두 가난한 가계(家系)를 끌어오시던 그러한 '아버지'의 모습을 여러 각도에서 보여 준다. 이제는 현실 속에서 무너져 버린 '구멍들'이지만, 이 숱한 '구멍들'이야말로 어린 시절로부터 지금에 이르기까지 시인을 정확하고 풍부하게 이끌어 온 원리이자 힘이었을 것이다. 이러한 성장 리듬이 "해남에선 고구마를 물감자 감자는 북감자라 했다"는 경험도 불러오고(「오이」) "감꽃 떨어질 때 숨을 참던 나뭇잎"처럼 자란 시인의 지난날을 소환한 것이다(「귀인」). 애잔하고 융융하고 아름다운 흑백 그림이 아닐 수 없다.

　　나는 사람보다 꽃이 많은 시절에 살았는데
　　꽃을 보러 간 날을 달력에 표시해 두었다

　　함께한 이들의 이름을 하나씩 꽃에 붙여 주면
　　전생에 내가 잃었거나
　　낳았던 아이들 이름인 것 같다

　　은목련이라거나 백동백, 류장미, 진모란
　　가만가만 불러 보면

　　떠나 버린 사랑이 서둘러 돌아올 것만 같아

절대 미치지 않겠다

진달래 골담초 사루비아 같은 것을 똑똑 따 먹으며
배가 사르르 아파 오고

가끔 예상치도 못한 꽃이 덜컥 피어나
얼마 머물지 않고 또 떨어졌다
　　　　　—「안녕 안녕 아무 꽃이나 보러 가자」전문

　시집 표제작인 이 작품은 시인으로서 가지는 감각의 기
원을 알려 준다. "사람보다 꽃이 많은 시절"을 살아온 그녀
는 꽃을 보러 간 날을 일일이 기록해 두는 습성을 가졌다.
"함께한 이들의 이름"을 꽃 한 송이마다 불러 보았고 마침
내 그 이름들은 "전생에 내가 잃었거나/낳았던 아이들"처
럼 남게 되었다. 나아가 "은목련", "백동백, 류장미, 진모란"
같은 이름들은 "떠나 버린 사랑"을 돌아오게 할 것 같은 상
상을 주기도 했다. "진달래 골담초 사루비아 같은" 이름을
떠올릴 때는 그것을 먹고 배 아프던 어린 시절도 친숙하게
찾아오곤 했다. 그렇게 얼마 머무르지 않고 떨어진 꽃들은
시인에게 절대 미치지 않겠다는 다짐과 아무 꽃이나 보러
가자는 권면을 동시에 허락하게 되는데, 그것은 그녀를 가
능케 해 준 "떠나 버린 사랑" 이미지와 겹치면서 '사랑'에도
'꽃'에도 미치지 않고 살아가겠노라는 시인의 의지를 함축

해 준다. "다음 계절에는 내게도 바람의 발을 주시라"고 빌면서(「무한화서」) "그 은밀한 말들"을 기록해 가는(「아아여여」) 시인의 마음이 은은하게 근접해 오고, 그녀가 흩뿌린 "참 그 새의 마음이란 것"도(「허기심 실기복」) 뭉클하게 전해져 오는 순간이 아닐 수 없다.

이처럼 이서영은 스스로를 존재하게끔 해 준 흔적들을 간절하게 회억(回憶)하면서, 가난했지만 비루하지는 않았던 존재론적 원적(原籍)을 향한 상상을 정성스럽게 감행해 간다. 과거와 현재를 결속하는 감각, 기억의 물질성을 삶의 자양으로 전환하는 시선, 기억의 질감을 증언하는 목소리는 이번 첫 시집의 그러한 성숙도를 알려 주는 예술적 표지(標識)로 다가온다. 그렇게 그녀는 크고 단단한 것들이 구성해 온 세계에 저항하면서 작고 아름다운 것들이 구성해 낸 자신의 성장 리듬을 발견해 간다. 그리고 그 힘은 존재론적 전회(轉回)의 순간을 향한 그녀만의 미학적 형질을 흔쾌하게 만들어 준다. 이처럼 이서영은 새로운 원근법을 통해 투명한 빛을 한꺼번에 지상으로 부르면서 자신의 존재론적 기원을 아름답게 구성하고 있는 것이다.

5. 사라짐의 옹호, 온몸의 시 쓰기

마지막으로 이서영은 웅크리고 침묵하고 사라져 가는 것들을 안쪽으로 불러들여 '시적인 것'을 완성해 가는 미학적 사제(司祭)로 거듭나고 있다. 존재와 부재, 사랑과 미움의 경계를 넘어 그것들이 새롭게 마주 설 수 있게 하는 역설적

힘을 구현한다. 아닌 게 아니라 그녀는 사라져 가는 것이 기억을 단절하는 게 아니라, 새로운 존재론을 구성하는 과정임을 힘있게 들려준다. 한 걸음 더 나아가 사라짐이야말로 가장 아름다운 존재자의 운명이자 특권임을 노래하면서 그녀들로 하여금 사라짐의 끝에서 아름다운 꽃을 피우게끔 배려한다. 그녀가 쌓아 온 이러한 힘은, 비록 사라짐이라는 것이 지각 가능한 것들을 배제한다 하더라도, 모든 것을 새로운 실존으로 바꾸어 간다는 것을 적극 옹호하게끔 해 준 것이다.

주름을 만들어 입술을 주머니처럼 오므렸다

침묵이 완성되었다

어쩌다 말이 필요할 때
손가락이나 배꼽 같은 것들이 나서서
사랑을 속삭였다
　　　　—「바래고 바래고 또 바래지는 것들」 전문

'뭉클'과 '구멍'처럼 이번에는 '바래짐'이 반복된다. 그렇게 "바래고 바래고 또 바래지는 것들"은 소멸의 필연성에도 불구하고 자신만의 장엄한 순간을 낱낱이 남겨 둔다. "주름을 만들어 입술을 주머니처럼" 오므릴 때 완성되는 '침묵'이야말로 그러한 침묵의 순간을 남기는 위대한 '소리'일 것이다. 그렇게 완성된 '침묵의 소리(sound of silence)'는 더 큰 이야기를 한없이 확장해 가는데, 가령 그것은 완강하게 바래져 가지만 말이 필요할 때 정작 더 큰 발화를 수행할 수 있는 것이다. '손가락'이나 '배꼽'이 나서서 '사랑'을 속삭이는 장면이 아마도 그 뚜렷한 실례일 것이다. 그러한 원리를 알게 될 때 우리는 비로소 "사라질 수 있겠다 마침내"라고 말할 수 있고(「장주지몽」) "아무 뜻도 없는 말들도 계속하다 보면 경전이" 되어 가는 과정도 맞이하지 않을까 생각해 본다(「가까워지면 안 되잖아, 라고 말했다」). 그리고 시인은 "점점 작아진다는 것에 대하여" 한없는 글자와 소리를 기록해 갈 것이다(「억」). 우리가 "전혀 다른 곳으로 갈 수 있다면"(「돌아가는 나비」) 그것은 이렇게 사라짐이라는 과정을 통해, 그리고 가장 작고 동그란 '침묵'의 소리를 통해 이루어져 갈 것이니까 말이다.

　　나는 책을 읽고 소리는 집을 짓는다 한 쪽을 삼십 분째 맴돈다 소리는 단호한 입장을 갖는다 나는 눈으로 읽고 책장을 넘기지 못한다 소리는 개의치 않고 집을 짓는다 책을 읽다 말고 창문이 반쯤 생긴 틈, 분홍 리본을 본다 흩날리는 머리카락 아이의 빛나는 이마를 본다 책을 읽다 말고 창문에 반이 잘린 어깨를 본다 소리는 잠깐 덜컹대는 창을 만진다 다시 책을 읽는다 글자들이 사라지고 없다 흰 종이와 아이의 눈을 번갈아 바라본다 아이는 눈동자가 없다 아이는 나를 못 보고 나는 책을 덮는다 소리는 창문을 걸어 잠근다

소리는 창에 창살을 만든다 미처 들어가지 못한 빛들 나는
책을 들어 빛을 밀어 올린다 소리는 땅땅 빛을 털어 내고 내
머릿속엔 철자들이 둥둥,

—「공사 중」 전문

"공사 중"이라고 했지만 이는 '시 쓰기 중'을 은유하는 참
신한 형상을 담고 있다. 책 읽는 '나'와 집 짓는 '소리'는 비
록 동작이 분리되어 있지만 서로를 맴도는 협업의 동반자
로 엄연하게 등장한다. '나'는 눈으로 책을 읽고 '소리'는 개
의치 않고 집을 짓는다. '나'는 책을 읽다가 창 열린 틈으
로 "분홍 리본"과 아이의 이마를 바라보고 창을 통해 하나
씩 그 대상을 늘려 간다. 책을 읽다가 글자들이 사라진 것
을 알아차린 '나'는 백지와 아이 눈을 번갈아 바라보다가 책
을 덮는데, 그때 '소리'는 창문을 잠그고 창살을 만들어 낸
다. 빛들을 밀어 올리는 '나'와 빛을 털어 내고 '나'의 머릿속
철자들을 떠오르게 하는 '소리'는 그렇게 '시인 이서영'의 시
쓰기를 가능하게 해 주는 존재들이 아닐까 한다. 마지막에
쉼표를 통해 문장 종지(終止)를 수행하지 않은 것 또한 이러
한 시인으로서의 지속성에 대한 믿음이 담긴 것일 터이다.
그만큼 그녀가 써 가는 '시'는 글자와 소리가 결속하면서 구
현하는 언어예술의 정점으로 현상할 것이다. "한 뼘씩 키를
높이는 계단"처럼(「억 억」) 시인은 글자와 소리를 통해 "저만
치/떨어져 있는 나"를 따라잡으며(「야유회를 오리다」) "더 이상
높이를 가지지" 않아도 좋을 만큼의 성숙한 차원을 구축해

갈 것이다(「뭐라도 줍다 보면」).

이서영은 이렇게 사라짐의 위의(威儀)와 시 쓰기의 필연
성을 노래한다. 그럼으로써 삶의 궁극적 의미가 가려진 시
대를 눈부시고 강렬하게 통과하고, 스스로 고독한 침잠과
명랑한 융기를 변증한 언어의 사원을 향해 걸어가는 시인
임을 증명한다. 이번 첫 시집은 이러한 속성을 담아낸 드문
미학적 성취로 한동안 기억될 것이다. 그리고 시인은 사라
져 가는 존재자들에서 미(美)의 근원을 찾아내고 거기서 '시
적인 것'을 찾아냄으로써 사라짐을 옹호하고 온몸으로 시
쓰기를 수행해 갈 것이다. 그녀가 생성해 내는 언어적 세목
이 그러한 과정을 더욱 구체적이고 아름답게 이끌어 갈 것
이다.

6. 삶의 궁극적인 근원에 대한 질문

우리가 천천히 읽어 왔듯이, 이서영의 첫 시집 『안녕 안
녕 아무 꽃이나 보러 가자』는 삶의 떨림과 울림이 균형을
이룬 탁월한 실존적 고백록으로 다가온다. 가시적인 것을
통해 비가시적인 것까지 전유해 가는 시인의 시선이 참으
로 미덥게 읽힌다. 그 세계는 대상을 향한 기억과 사랑 그
리고 현재형으로 다가오는 순간을 따뜻하게 맞이하는 시
인의 내면적 파문을 신뢰하게끔 해 준다. 이때 사라져 버린
순간은 강렬한 향기를 품으면서 시인의 목소리로 하여금
단성(單聲)이 아니라 다성(多聲)의 음향을 가지게끔 해 준다.
그러한 복합성이 말하자면 이서영 시의 둘도 없는 재부(財

富)인 셈이다.

　결국 이서영은 '시'야말로 지난날을 응시하는 유일하고도 강력한 시간예술임을 증언하면서 풍요로운 기억을 일관되게 고백하고 다짐하고 선언하는 공력을 보여 주었다. 신산한 세월을 살아온 치열한 시정신까지 담아내면서 오랫동안 축적해 온 시인으로서의 성장기를 낱낱이 보여 준 것이다. 무엇에 잠겨 산다는 것을 생각하는 '뭉클'의 서정에 더없는 축하 말씀을 드리면서, 더 크나큰 시인으로 훌쩍 도약해 가기를 마음 깊이 희원하면서, 자신이 살아온 시간을 반영하는 데 머무르지 않고 그 세계를 예리하게 해석하면서 삶의 궁극적인 근원에 대해 질문해 갈 '시인 이서영'의 환한 미래를 기다려 본다.